François Coppée

L'abandonnée

Drame

Antigonos

François Coppée

L'abandonnée

Drame

Réimpression inchangée de l'édition originale de 1871.

1ère édition 2024 | ISBN: 978-3-38813-922-7

Antigonos Verlag est une marque de Outlook Verlagsgesellschaft mbH.

Verlag (Éditeur): Outlook Verlag GmbH, Zeilweg 44, 60439 Frankfurt, Deutschland, info@outlook-verlag.de
Vertretungsberechtigt (Représentant autorisé): E. Roepke, Zeilweg 44, 60439 Frankfurt, Deutschland
Druck (Imprimerie): Libri Plureos GmbH, Friedensallee 273, 22763 Hamburg, Deutschland

L'ABANDONNÉE

DRAME

EN DEUX ACTES, EN VERS

Représenté pour la première fois sur le théâtre du Gymnase,
le 13 novembre 1871.

FRANÇOIS COPPÉE

L'ABANDONNEE

DRAME

PARIS

ALPHONSE LEMERRE, ÉDITEUR

47, PASSAGE CHOISEUL, 47

PERSONNAGES :

Julien.	M. *Villeray.*
Un Aumônier..	M. *Derval.*
Un Étudiant.	M. *Murray.*
Louise.	Mlle *Vannoy.*
1re Grisette.	Mlle *Bédard.*
2e Grisette.	Mlle *Juliette.*
Une infirmière.	Mme *Prioleau.*

L'action se passe à Paris ; le premier acte, vers 1835,
le second acte, douze ans après.

L'ABANDONNÉE

ACTE PREMIER.

Le boulevard d'Enfer, tel qu'il était en 1835. Le soir, l'été,
vers le coucher du soleil. Au fond, voilée par le feuillage, la
lointaine illumination du bal de la Grande-Chaumière. Au
second plan, à droite, un banc sous les arbres. — Au lever
du rideau, Julien descend le boulevard à pas lents.

SCÈNE PREMIÈRE.

JULIEN.

Que la soirée est chaude et comme je suis las !
— Je voulais travailler, mais l'odeur des lilas,
Si douce, m'a surpris, lisant à ma fenêtre.
Il semblait que sa tiède ivresse qui pénètre,
Me voulût alanguir et qu'elle me cherchât.
Je suis sorti, laissant Cabanis et Bichat
Et fermant mes poudreux atlas d'anatomie.
Mais la subtile odeur, ainsi qu'une ennemie,

M'a suivi sous les vieux arbres du Luxembourg
Et m'accompagne encor dans ce lointain faubourg.
Je suis passé tout près de la Grande-Chaumière
Dont j'aperçois d'ici la joyeuse lumière;
J'ai flâné sur le seuil éblouissant du bal,
Et là, j'ai vu, riant ainsi qu'au carnaval,
Des grisettes au bras, entrer mes camarades...
Mais à quoi donc rêvé-je?—Il faut gagner mes grades.
Car le brave semeur de blé dont je suis fils
Peine à m'entretenir sur ses maigres profits;
Car il faut comme lui que je travaille et jeûne;
Car je suis pauvre et n'ai pas le droit d'être jeune.
Le plaisir est pour moi comme un livre fermé.
C'est égal. J'ai vingt ans. Voici le mois de mai,
Ce beau soir de printemps me verse son ivresse,
Et je suis seul, tout seul, sans ami, sans maîtresse!
Mais qu'ai-je donc, ce soir? Là-bas, loin de Paris,
Mon père, pauvre vieux bonhomme en cheveux gris,
Après avoir sué tout le jour sur la plaine,
Met pour moi les écus au fond du bas de laine,
Et je voudrais... Allons, jeune homme, je t'absous,
Mais loge sous les toits, dîne pour quinze sous,
Respire l'hôpital qui dégoûte et qui navre,
Fouille les in-quarto, pâlis sur le cadavre,
Deviens ambitieux! Pour toi, c'est le devoir.
Ferme bien le rideau de ton grenier, ce soir,
Pour te cacher ce ciel d'été dont tu t'enivres,
Et courageusement va retrouver tes livres!

SCÈNE II.

JULIEN, UN ÉTUDIANT.

L'étudiant arrive par le fond, joyeusement et les mains dans les poches. Le béret sur l'oreille, la vareuse ouverte, la chemise débordante, le pantalon à grands carreaux. — Un type de Gavarni.

L'ÉTUDIANT.

Ah ! Julien.

JULIEN.

Bonsoir.

L'ÉTUDIANT.

Où vas-tu de ce pas ?

JULIEN.

Je rentre travailler.

L'ÉTUDIANT.

Moi, je ne rentre pas.
Je ne veux pas rentrer de quinze jours. Que diantre !
C'est ce soir jour de bal, mon cher. Est-ce qu'on rentre ?

JULIEN.

Toujours fou ?

L'ÉTUDIANT.

Mon ami, tu me parais en train
De vouloir dépasser Lisfranc et Dupuytren.

Tu feras du tapage au grand jour de la thèse.
Ton scalpel est fameux. Même, par parenthèse,
Tu pourrais postuler un emploi de bourreau.
Tu dissèques ainsi qu'on découpe un perdreau,
Très-délicatement au bout de la fourchette.
Tu dérobes, pour mieux travailler en cachette,
Les débris du sujet, et le bonnet carré
T'est promis, c'est certain. *Dignus es intrare.*
Mais crois-tu qu'avec des bouquins et des squelettes,
On ait fait, mon ami, des études complètes?
Ignores-tu qu'il est un suprême examen
Où tu serais, naïf, refusé haut la main?
J'interroge. Réponds et rassemble tes ruses.
Je ne te ferai pas de questions abstruses,
Par exemple, la date où l'on me recevra
Docteur ou le total des amants de Clara.
Ceci, c'est un mystère interdit aux profanes.
Je vais te demander, mon cher, le pont aux ânes,
Ce qu'on apprend tout seul et sans se déranger.
Chante-moi le dernier couplet de Béranger.
Dis-moi qui de Frisette ou d'Hermance est la rousse.
Qu'écrit-on à son père alors qu'il se courrouce?
Est-ce au mois de juillet ou bien est-ce au mois d'août
Qu'on va, par la galiote, à la foire à Saint-Cloud?
Où peut-on convoler sans maire et sans écharpe?
A quel bout de la rue illustre de la Harpe,
Fleurit l'estaminet le plus mal fréquenté?
Que vaut ce pantalon au Mont-de-Piété?
Indique un jeu de Siam où la bière soit bonne.

Quel professeur va-t-on siffler à la Sorbonne ?
Quel fruit plus volontiers l'arbre de Robinson
Produit-il, l'omelette ou bien le saucisson ?
Dis la longueur du nez d'un créancier qu'on trompe,
Et dans quel cabaret sonne-t-on de la trompe ?

JULIEN.

C'est vrai, je ne puis pas te répondre.

L'ÉTUDIANT.

Ignorant !

JULIEN.

Mais mon excuse est là pour un crime aussi grand.
Je suis très-pauvre.

L'ÉTUDIANT.

Ami, je le savais. Oublie
Ce que j'ai dit de trop dans ma bonne folie.
Mais cependant, au fond, je n'ai pas tort, vois-tu ?
Dans trop de solitude et dans trop de vertu,
Bien tristement, je vois s'écouler ta jeunesse.
N'espère pas, mon cher garçon, qu'elle renaisse ;
Elle passera vite et tu regretteras
De n'avoir pas senti, s'appuyant sur ton bras,
Sauter à tes côtés une fillette ingambe
Et de n'avoir jamais, autour du punch qui flambe,
Ri de toutes tes dents avec de francs amis.
Un peu d'étourderie à notre âge est permis.
— Je suis pauvre, dis-tu. Moi, je ne suis pas riche,
Et le bonheur qu'on paie est un jeu qui nous triche.

Que te demande-t-on? De perdre un peu de temps,
D'écouter le conseil joyeux de tes vingt ans
Et de laisser enfin se défroncer la ride
Qu'entre tes deux sourcils creuse un travail aride.
Puis, avec des amis nous en causions hier,
Et je t'en dois l'aveu : l'on te trouve trop fier,
Trop sauvage. Il serait décent que tu parusses
Une fois, tout au moins, sur les montagnes russes,
Et que, sous ces lampions cachés dans les tilleuls,
Tu risquasses, un soir, quelques cavaliers seuls.
— Allons, laisse-toi faire, entrons à la chaumière,
Faisons un tour de bal ensemble, et la première
Qui trouve tes yeux doux, bien! nous vous marierons;
Et j'offre aux épousés le cidre et les marrons.

JULIEN.

Je ne puis. — Mais, vraiment cet amour est le vôtre :
Prendre celle qu'on vit, la veille, au bras d'un autre,
Et la laisser ensuite à quelque amant nouveau?

L'ÉTUDIANT.

Jamais ces visions ne troublent mon cerveau.

JULIEN, rêveur.

Moi, si j'aime une fois, ce sera pour la vie.

L'ÉTUDIANT.

Ah! ceci, c'est de la haute philosophie.
Je suis d'une autre humeur. Je laisse quelquefois
La pipe que je fume et le verre où je bois,

Et, lorsque je reviens, je ne suis pas sévère
Si quelqu'un a fumé ma pipe et bu mon verre.

JULIEN.

Grand merci!

L'ÉTUDIANT.

Bah! je sais qui te convertira.
Me suis-tu, Julien?

JULIEN.

Non.

L'ÉTUDIANT.

Comme il te plaira.

Il sort en chantant.

Messieurs les étudiants
S'en vont à la Chaumière
Pour y danser l'cancan...

Sa voix se perd dans le lointain.

SCÈNE III.

JULIEN.

Il part, la joie au cœur, la chanson à la bouche,
Et moi, suis-je bien sûr de ma vertu farouche?
Ai-je bien répondu toute la vérité,
Et son tableau brutal ne m'a-t-il pas tenté?

— Quelle étrange langueur flotte donc dans l'espace?
Le nocturne regard d'une femme qui passe
Ou la rencontre faite, à l'ombre des chemins,
Des amoureux ravis qui se tiennent les mains
Et vont en se parlant tendrement à l'oreille,
Ne m'ont jamais causé d'émotion pareille.
Il me semble que c'est pour la première fois,
Azur profond des soirs d'été, que je te vois,
Et que vous me troublez et que je vous respire,
Chauds parfums envolés dans le vent qui soupire.

Il s'assied sur le banc.

Je m'assieds. Je ne puis secouer ma torpeur.

SCÈNE IV.

JULIEN, LOUISE, DEUX GRISETTES.

Julien est assis dans l'ombre, au second plan,
et observe les jeunes filles.

PREMIÈRE GRISETTE.

Ainsi tu ne viens pas ce soir au bal?

LOUISE.

J'ai peur.

DEUXIÈME GRISETTE.

Quoi? Peur d'aller au bal? Mais c'est une folie.
Quand on n'a que seize ans...

PREMIÈRE GRISETTE.

Et quand on est jolie.

DEUXIÈME GRISETTE.

Tes effrois y seraient au plus vite apaisés.
On ne t'y mangera jamais que de baisers.

LOUISE.

Mais je ne danse pas.

PREMIÈRE GRISETTE.

Fi ! vilaine hypocrite !

On t'a bien vue avec la grande Marguerite
Au fond du magasin faire des entrechats.

LOUISE.

Et puis, je ne suis pas habillée, en tous cas.

DEUXIÈME GRISETTE.

Tu l'es trop. Laisse voir tes cheveux, ton corsage.
Ote ton mantelet et ce bonnet trop sage,
Ma chère, et te voilà toute prête. En avant !

LOUISE.

Je n'ose pas.

DEUXIÈME GRISETTE.

Vas-tu faire toujours l'enfant ?

PREMIÈRE GRISETTE.

Voilà. Mademoiselle a peur qu'on la soupçonne,
Ce soir, chez ses voisins, ou que notre patronne,

Qui pour le militaire a pourtant du penchant,
Tienne sur sa vertu quelque propos méchant.

LOUISE.

Moqueuse !

DEUXIÈME GRISETTE.

Ou bien peut-être est-elle la promise
Du menuisier qu'on voit, en manches de chemise,
Raboter en chantant, au fond de notre cour.
Ivres de bon motif et de parfait amour,
Ils s'aiment, et bientôt, nous irons, pauvre fille,
Scandaliser son bal de noce, à la Courtille.

LOUISE.

Pourquoi me tourmenter, méchantes, et pourquoi
Me vouloir attirer au plaisir malgré moi,
Lorsque je ne m'y sens pas du tout destinée?
Pourquoi me tentez-vous?

PREMIÈRE GRISETTE.

Mais, petite obstinée,
Parce que nous avons pour toi quelque amitié,
Que tu nous fais du mal...

DEUXIÈME GRISETTE.

Que tu nous fais pitié...

PREMIÈRE GRISETTE.

Que tu mènes enfin une vie impossible.

LOUISE.

Comment? n'est-elle pas simple, heureuse et paisible?

DEUXIÈME GRISETTE.

Bah ! Loger près du ciel, dans un grenier très-laid,
Descendre le matin chercher son sou de lait,
Travailler, se nourrir d'eau claire et de salade,
Et se laisser vieillir ! — J'en tomberais malade.

PREMIÈRE GRISETTE.

Ne sais-tu pas qu'on n'a ces doux yeux séduisants
Qu'une fois, ma mignonne, et qu'une fois seize ans ?
Ne sens-tu pas ton cœur battre dans ta poitrine ?
Réponds : Veux-tu coiffer la sainte Catherine
Et n'avoir plus jamais pour joie et pour chagrin
Que l'amitié d'un chat et la mort d'un serin ?

LOUISE.

C'est possible. Mais vous, les rieuses, les folles,
Trouvez-vous le bonheur dans vos plaisirs frivoles ?
Toi, Jeanne, je t'entends quelquefois soupirer,
Et toi, je t'ai bien vue, un jour, Lise, pleurer.
Henri te négligeait, Albert t'avait grondée.
Que sais-je ? Eh bien, alors, moi, je me fais l'idée
Qu'il vaut mieux que mon cœur palpite à petits coups,
Calmes et réguliers, comme lorsque je couds,
Et marque la mesure au pas de mon aiguille.
C'est vrai. Je suis encore une petite fille.
Peut-être que demain la joie ou la douleur
Doit s'ouvrir brusquement en moi comme une fleur.
Peut-être ?... En attendant, votre gaîté m'étonne.
Je pense que le vrai bonheur est monotone,

Qu'il est formé de jours tous pareils, longs et doux,
Et que je suis au fond plus heureuse que vous.

PREMIÈRE GRISETTE.

Je ne m'attendais pas à ta morale, certe,
Mais ne croirait-on pas que nous voulons sa perte,
Quand nous lui proposons d'entrer, tout simplement,
Avec nous dans ce bal?

LOUISE.

Ce bal? c'est donc charmant.

PREMIÈRE GRISETTE.

Ah! nous voulons savoir.

DEUXIÈME GRISETTE.

Nous sommes curieuse

PREMIÈRE GRISETTE.

Eh bien, je ne ferai pas la mystérieuse.
C'est enivrant...

DEUXIÈME GRISETTE.

Exquis...

PREMIÈRE GRISETTE.

Adorable...

DEUXIÈME GRISETTE.

Divin...

PREMIÈRE GRISETTE.

Mieux que dans les romans de Paul de Kock, enfin!

LOUISE.

Mais encor?...

PREMIÈRE GRISETTE.

Dès la porte, on est comme entraînée,
La voûte de verdure est toute illuminée.
On se trouve au milieu de jeunes gens si gais...

DEUXIÈME GRISETTE.

Et surtout, comme ils sont polis et distingués!

PREMIÈRE GRISETTE.

Vous passez, on vous suit et vous allez plus vite.
Un danseur vous aborde alors et vous invite,
Et l'orchestre prélude au loin, si mollement!
Et la valse! ah! la valse est un ravissement.
Tu valserais très-bien, sais-tu, toi, si légère.
On s'arrête, accablée, et la danse, ma chère,
Est finie, et l'on va, par deux, sous les bosquets
Où votre cavalier vous offre des bouquets
Et vous conte tout bas des choses qui font rire.

DEUXIÈME GRISETTE.

Et puis, ce n'est pas tout et nous devons lui dire,
Outre les fleurs, la danse et les beaux compliments,
Le plaisir capital, les rafraîchissements.

PREMIÈRE GRISETTE.

C'est juste, sans douceurs, pas de fête complète.
Les glaces, les sorbets...

DEUXIÈME GRISETTE.

Et surtout la galette.

PREMIÈRE GRISETTE.

Et puis... Mais on ne peut pas tout dire à la fois,
L'escarpolette russe...

DEUXIÈME GRISETTE.

Et les chevaux de bois...

PREMIÈRE GRISETTE.

Le tir aux macarons...

DEUXIÈME GRISETTE.

La foire au pain d'épice...

PREMIÈRE GRISETTE.

Et le galop final dans un feu d'artifice !
Maintenant tu connais la pièce et le décor.
Voyons, mignonne, es-tu séduite ?

LOUISE.

Pas encor.
Toute hésitation en moi n'est pas éteinte,
Et le désir naîtrait sans dissiper la crainte.

DEUXIÈME GRISETTE.

Laissons-la seule, alors. Il est tard, et pourtant
Tu dois te rappeler, Jeanne, qu'on nous attend.

PREMIÈRE GRISETTE.

Tu ne nous en veux pas, au moins de notre zèle ?

LOUISE.

Non. Amusez-vous bien.

LES DEUX GRISETTES.

Adieu.

Elles sortent en courant.

SCÈNE V.

JULIEN, LOUISE.

Louise reste un moment rêveuse, en silence. Julien, sortant de l'obscurité où il était assis, s'approche d'elle, la casquette à la main.

JULIEN.

Mademoiselle,
Tout à l'heure j'étais dans cette ombre perdu
Et j'ai, sans le vouloir, tout vu, tout entendu.
Ne me regardez pas de cet air qui s'offense.
Vous avez la pudeur exquise de l'enfance ;
Ayez sa confiance heureuse, et que vos yeux
N'arrêtent pas un bien timide audacieux.

LOUISE.

Je ne vous connais point. Qu'avez-vous à me dire ?

JULIEN.

Oh ! ne me troublez pas non plus par un sourire,
Car je préférerais encor votre courroux.

— Je suis pauvre, je suis du peuple comme vous.
Comme vous je travaille et je vis solitaire.
Mon père est éloigné de moi; je n'ai sur terre
Qu'un compagnon très-sûr, mais bien froid, le devoir.
J'errais ici, sentant vaguement s'émouvoir
Les jeunes passions dans mon cœur endormies,
Lorsqu'un de mes amis — vous avez des amies —
Me parla de ce bal et m'offrit de choisir
Entre ma rude vie et son léger plaisir;
Mais je n'ai pas à ses discours prêté l'oreille.
Vous voyez. Mon histoire à la vôtre est pareille.
Pour avoir entendu leurs voix vous proposer
Le dangereux bonheur et, vous, le refuser,
Ma sympathie, hélas! n'a nul droit à la vôtre
Et nous sommes encore étrangers l'un à l'autre;
Mais je n'ai pas voulu vous voir partir d'ici
Sans vous dire : Courage, et vous dire : Merci.

LOUISE.

C'est étrange, en effet.

JULIEN.

                    Le hasard est le maître,
Et, bien que j'aie un vif désir de vous connaître,
Peut-être direz-vous : « Passez votre chemin, »
Et cet instant trop court sera sans lendemain.
Mais vous vous tromperez ; car, dans cette avenue,
Votre voix m'a frappé comme une voix connue.
Et le seul souvenir de son doux timbre d'or

A cette heure m'emplit d'émotion encor.
Je désire l'entendre et qu'elle me confie
Votre nom, le récit de votre simple vie,
Votre chagrin caché, si vous en avez un.
Mais non, vous me croyez sans doute un importun.
Ou pis encor, un fat qui cherche une aventure.
Vous allez me jeter une réponse dure
Et partir en riant et sans avoir compris
Combien votre rencontre avait pour moi de prix.

LOUISE.

Non, monsieur, je ne suis qu'une très-pauvre fille.
Je me surveille seule et n'ai pas de famille;
Bien que vous m'étonniez, je ne sais pas comment
On repousse quelqu'un qui parle poliment.
Pourquoi me défier? Votre parole amie
Ne peut pas, je le crois, murmurer l'infamie.
Mais seulement ma vie obscure et sans secret
N'aura, soyez-en sûr, pour vous nul intérêt.
Et puis que voulez-vous enfin que je vous dise?

JULIEN.

Mais votre nom d'abord?

LOUISE.

    Je m'appelle Louise,
Et vous?

JULIEN.

  Moi, Julien.

LOUISE.

Et vous voulez savoir
Vraiment ce que je suis?

JULIEN.

Oui, venez vous asseoir
Ici, sur ce vieux banc, fait pour la causerie.

LOUISE.

Vous le voulez. Ce n'est pas une raillerie?

JULIEN.

Oh! non, parlez. N'est-on pas bien sous ces rameaux?

LOUISE.

Mon histoire? Elle peut se dire en peu de mots.
Je n'ai connu jusqu'à l'avant-dernière année
Que le coin du pays normand où je suis née.
C'est un nid de pêcheurs, un port de vingt bateaux
Qu'à la haute marée on lie à des poteaux;
On y voit l'Océan au bout de chaque rue.
Là, je grandis auprès d'une aïeule bourrue,
Car ma mère était morte à sa fièvre de lait;
Et j'ai couru longtemps nu-pieds sur le galet.
Tous moururent alors, le père avant l'aïeule,
L'homme à la mer, la vieille en pleurant. Toute seule
Au pays, il fallut enfin m'expatrier;
Car je ne pouvais pas y vivre du métier
Qui me nourrit ici, faiseuse de dentelle.
C'est simple, vous voyez; mon existence est-elle

Capable d'inspirer l'intérêt d'un ami ?
La ville a l'ouvrière et le bois la fourmi,
Sans savoir que l'insecte ou l'humble fille existe.
Mais j'aime mon état et je ne suis pas triste.

JULIEN.

Et vous gagnez assez pour vivre ?

LOUISE.

Il faut si peu.
Mon grenier n'est pas cher, et j'y vois le ciel bleu ;
J'y fais de courts festins de fruits et de laitage
Et descends rarement de mon sixième étage.

JULIEN.

Et vous ne vous plaignez jamais de votre sort ?

LOUISE.

L'hiver, ce n'est pas gai. Le pot de fleurs est mort.
Je ne vois au lointain, par ma vitre fermée,
Que des gros tuyaux noirs avec de la fumée.
Mais, l'été, j'aperçois les coteaux de Meudon.
Chaque jour, mon rosier donne un frêle bouton,
Et, s'il ne fleurit pas, ce n'est point de ma faute.
Je suis contente alors que ma chambre soit haute,
Car, comme s'il pouvait savoir que je l'attends,
J'ai le premier rayon de soleil du printemps.
Mon toit hospitalier a ses hôtes fidèles,
Et ma chanson se mêle aux cris des hirondelles.

JULIEN.

O travail noble et pur! ô sainte pauvreté!
O charme inconscient de la simplicité!

LOUISE.

Peut-être que la vie a de plus douces heures,
Mais celles du travail me semblent les meilleures.
On est si bien chez soi. La chambrette a bon air
Avec ses quatre murs tendus de papier clair;
Fraîche en juillet, elle est en hiver bien chauffée,
Et, tout le jour, j'y vois, grâce à mes doigts de fée,
Quelque dessin léger comme des pas d'oiseaux
Naître sur le métier au bruit gai des fuseaux.

JULIEN.

Bien vrai? Jamais un seul désir involontaire
D'une vie un peu moins intime et solitaire?
Jamais un seul instant d'ennui?

LOUISE.

                        Si, quelquefois.
C'est les jours où je vais seule dans les grands bois.
Je mets un bonnet frais, ma robe la plus blanche,
Parce qu'il fait très-doux et que c'est le dimanche.
Je pars pour voir le ciel et pour glaner des fleurs,
Pour entendre la brise et les nids querelleurs,
Pour déjeuner d'un peu de lait dans une ferme,
Parce que voilà trop longtemps que je m'enferme
Et que je veux rentrer, des bouquets plein les mains.

Mais si je croise alors, sur les joyeux chemins,
Les couples d'amoureux qui vont en ribambelle,
Je ne sais plus pourquoi je me suis faite belle.
Si je cueille une fleur au pré, c'est seulement
Par maintien, et mes doigts l'effeuillent tristement.
Mon cœur devient mauvais. J'en veux à la nature
De tant de cris d'oiseaux et de tant de verdure,
Et je rentre au plus tôt, triste, dans mon logis.
Mais ces faiblesses-là, c'est mal, et j'en rougis.
Quelque chose me dit que je ne suis pas faite
Pour l'amour printanier et sa brillante fête,
Et le pressentiment qui n'est jamais trompeur
M'engage à conserver ma sagesse et ma peur.

JULIEN.

Oh! puisque vous avez prononcé la première
Ce mot tout radieux de joie et de lumière,
Puisque de votre cœur il s'échappe, enivré
De libre espace ainsi qu'un oiseau délivré,
Puisque l'écho des bois, les nids dans la ramure,
Tout vous le fait comprendre et tout vous le murmure,
Ce mot que votre voix fait plus pur et plus doux,
Pourquoi donc, adorable enfant, le craignez-vous?
Ah! si c'était l'amour tel que ces pauvres filles
L'éprouvent dans la folle ivresse des quadrilles,
Dont l'aveu leur est fait par un bouquet donné
Et qui plus vite encor que les fleurs est fané,
Votre candeur aurait bien raison de le craindre.
Il fait mal, et son souffle impur pourrait éteindre

La sereine clarté qui veille dans vos yeux.
Mais il en est un autre, innocent et joyeux,
Qui vous attend, qu'il faut que votre cœur connaisse.
Bon comme le ciel bleu, beau comme la jeunesse,
Léger comme un oiseau dans le soleil levant,
Et frais comme un baiser sur le cou d'un enfant!
Quand vous allez rêver, seule, dans la campagne,
C'est l'amour qui vous suit et qui vous accompagne,
Et vous fait revenir ainsi, pleine d'émoi;
C'est lui qui, se mettant entre mon livre et moi,
Ce soir, m'a fait errer, triste, sous les étoiles;
C'est lui qui, du feuillage épaississant les voiles,
Guide mystérieux, nous a pris par la main;
Lui qui nous a conduits dans le même chemin;
Lui qui me fait si tendre et qui vous fait si belle;
C'est lui qui nous unit, c'est lui qui nous appelle!

Le jour baisse.

LOUISE.

Pourquoi me tenez-vous ce langage? Ai-je eu tort
De vous croire et d'avoir confiance d'abord?
Ne serrez pas mes mains. Je suis toute troublée.
Que ne me suis-je donc tout de suite en allée,
Lorsque vous m'abordiez avec cet air peureux?

JULIEN.

Oh! ne me quittez pas. Je suis bien malheureux.
Pauvre enfant, laissez-moi votre main; elle tremble.
Vous ai-je dit, depuis que nous sommes ensemble,
Voyons, un mot, un seul, qui pût vous offenser?

LOUISE.

Non, pas un mot, c'est vrai. Mais il faut me laisser.
Il doit être bien tard, cette allée est déserte,
Et je demeure loin...

JULIEN.

Ah ! je ne veux pas, certe,
Que vous rentriez seule en ce quartier perdu.
Je vous reconduirai chez vous, c'est entendu.

LOUISE.

Pourtant...

JULIEN.

Mais maintenant, vous êtes encor lasse.
Tout à l'heure. Voyons, reprenez votre place.
Ayez des sentiments pour moi plus confiants.

LOUISE.

Oh! vous, monsieur, avec ces grands yeux suppliants,
Vous me ferez commettre une grande folie.

JULIEN.

Non, pas ce front boudeur. Vous êtes moins jolie.

LOUISE.

* C'est ainsi.

JULIEN.

Mais de quoi, mignonne, avez-vous peur?

LOUISE.

* Mes regards sont voilés comme d'une vapeur,
* Mon cœur bat... Je ne sais, mais mes terreurs sont celles
* D'un papillon captif qui tremble pour ses ailes.

JULIEN.

Hélas! ne soyez pas méchante, et bannissons
De nos jeunes esprits la crainte et les soupçons.
S'agit-il entre nous de chasseur et de proie,
Quand cette nuit de fleurs et d'astres nous envoie
Ses plus tièdes parfums et ses plus purs reflets?...
Ah! si vous le vouliez?...

LOUISE.

Eh bien, si je voulais?...

JULIEN.

Oui, si vous pouviez lire en ces yeux bien sincères,
Enfant, nous unirions gaîment nos deux misères.
D'abord, je le veux bien, nous ne serions qu'amis.
Pas d'amour. Entre nous rien que de très-permis.
Je pourrais embrasser cette main-là, mais gare
A ces ongles mignons, si mon baiser s'égare.
Donc je serais très-sage et très-respectueux,
C'est dit; mais nous aurions des plaisirs vertueux.
Tenez. Nous passerions ensemble la soirée,
De quelque causerie au hasard inspirée
Reprenant ou laissant s'interrompre le fil.
Vous seriez près de moi, charmante de profil,

Avec vos cheveux blonds frisant près de la tempe ;
Et là, sous le rayon tamisé de la lampe,
Comme un brave petit ménage d'ouvriers,
Je lirais mon gros livre et vous travailleriez.

LOUISE.

Oh ! comme c'est gentil.

JULIEN.

       Et puis, chaque semaine,
Comme il faut du repos à la faiblesse humaine,
Bras dessus, bras dessous, nous irons, hors Paris,
Chercher les petits coins bien verts et bien fleuris.
Nous voyez-vous, suivant le bord de la rivière,
Vous, de quelques rubans parée et toute fière,
Et moi tout à l'orgueil de sentir — ô langueur ! —
Votre petite main à côté de mon cœur ?
Ah ! ce seront alors nos heures les plus douces.
Nous nous ferons des nids bien cachés dans les mousses,
J'ornerai vos cheveux avec des liserons
Et, l'appétit venu, joyeux, nous trouverons...

LOUISE.

Dans le petit panier de quoi le satisfaire.

JULIEN.

Enfin, si l'on n'est pas toujours aussi sévère,
Le soir, par les sentiers ténébreux, au retour,
Peut-être on permettra que je parle d'amour.

LOUISE.

Mais observerez-vous la réserve promise ?

Vous contenterez-vous de l'amitié permise ?
Vous êtes sincère, oui, mais si je voulais bien,
Ici même, à présent, vous exigeriez...

JULIEN.

Rien,
Que l'espoir de bientôt vous revoir.

LOUISE.

Mais sans doute.

JULIEN.

Quand ?

LOUISE.

Lorsque vous voudrez.

JULIEN.

Votre logis ?

LOUISE.

La route,
Vous allez la connaître en me reconduisant,
Et puis, nous causerons encor, chemin faisant ;
Car je ne suis pas bien convaincue, et j'hésite.

JULIEN.

Bah ! dès demain matin, je vous fais ma visite
Et nous arrêterons, comme premier essai,
Le jour d'une partie au bois de Viroflay.

LOUISE.

Donnez-moi votre bras. Je suis toute confuse,

Car mon désir consent, si ma bouche refuse,
Et je me fie à vous entièrement.

JULIEN.

Merci.

Quel est votre chemin, mignonne?

LOUISE.

Par ici.

La voix de l'étudiant chantant dans le lointain.

Quand on n'a plus d'argent,
On écrit à son père
Qui vous répond : Ch'napan,
Tu n'es pas là pour faire.
L'amour, l'amour,
La nuit comme le jour,
Et youp, youp, youp, tra la la, etc.

On entend des éclats de rire.

LOUISE, effrayée.

Mon Dieu, je reconnais ces rires, il me semble...
Si Lise et Jeanne allaient nous rencontrer ensemble?

JULIEN.

C'est la voix de ce fou, cela n'est pas douteux.

LOUISE.

De grâce, allons-nous-en bien vite.

L'étudiant apparaît au fond, donnant le bras aux deux grisettes.

JULIEN, avec humeur.

Ah! ce sont eux.

SCÈNE VI.

JULIEN, LOUISE, L'ÉTUDIANT, LES DEUX GRISETTES.

L'ÉTUDIANT, apercevant Julien et Louise.

Une femme avec toi! Sur ma foi! c'en est une!
Le chaste Julien est en bonne fortune.

PREMIÈRE GRISETTE.

Comment? Louise avec un jeune homme charmant!

DEUXIÈME GRISETTE.

Voilà! Mademoiselle attendait son amant.

JULIEN.

Mon cher...

L'ÉTUDIANT.

Mes compliments pour la femme choisie,
Mais, entre nous, ami, c'est de l'hypocrisie!

PREMIÈRE GRISETTE.

Et le discours moral qu'elle nous roucoula?

DEUXIÈME GRISETTE.

On ne se moque pas du monde à ce point-là.

L'ÉTUDIANT.

Ne vous irritez pas, idoles de mon âme !
Peut-être brûlent-ils d'une pudique flamme,
Peut-être leur amour, par l'hymen épuré,
Occupera demain le maire et le curé.
Nous devons supposer qu'en ce lieu solitaire,
A cette heure de nuit, ils cherchent un notaire ;
Mais, comme on semble un peu pressé pour le contrat,
Je m'offre à remplacer l'intègre magistrat,
Et je prends pour vélin, Lise, ton cou de cygne.
— Soyons graves. J'unis les futurs, et je signe.

Il embrasse la grisette sur le cou.

JULIEN.

Mon cher, la raillerie est d'un goût fort mauvais,
Et, si tu veux savoir ici ce que je fais,
Ces dames ont laissé seule mademoiselle
Qui me permet de la reconduire chez elle.
Voilà tout le secret. Brisons là l'entretien.

L'ÉTUDIANT.

Pardieu ! quel caractère effroyable est le tien.
Mais je suis bon enfant. Bonsoir, ami farouche !

PREMIÈRE GRISETTE.

Adieu, fleur d'innocence !

DEUXIÈME GRISETTE.

Adieu, sainte n'y touche !

L'étudiant et les grisettes sortent en riant.

SCÈNE VII.

JULIEN, LOUISE.

La nuit tombe tout à fait. Rayon de lune.

JULIEN.

Eh bien, nous voilà seuls, et l'orage est passé.

LOUISE.

Leur rire m'a fait mal, et j'ai le cœur glacé.
Deviendrai-je jamais comme ces pauvres folles,
Et n'ai-je pas eu tort d'écouter vos paroles ?
Oh ! si vous le pouvez, dites, rassurez-moi,
Car je suis revenue à mon premier effroi,
Et j'ai le cœur rempli d'une angoisse suprême.
Vous n'êtes pas comme eux, oh ! n'est-ce pas ?

JULIEN la baisant au front.

Je t'aime !

ACTE II.

Le vestibule d'une salle de malades dans un hôpital de Paris, vaste pièce aux murailles grises et nues. Plusieurs portes à droite et à gauche. Au fond, sur un pan coupé, un peu à gauche, une haute et large fenêtre ouverte laisse pénétrer un rayon de soleil ; au dehors, on aperçoit des toits, des cheminées, le ciel. Devant la fenêtre, un grand fauteuil garni de coussins. Au mur, un christ de bois sculpté.

SCÈNE PREMIÈRE.

UN AUMÔNIER, UNE INFIRMIÈRE

L'AUMÔNIER.

Ainsi la pauvre femme a mal passé la nuit ?

L'INFIRMIÈRE.

On n'a pas fermé l'œil tant elle a fait de bruit.
Avec sa grosse toux elle nous assassine ;
Tout le monde s'en plaint dans la salle voisine.
Enfin elle est entrée hier à l'hôpital,
Mais pour n'y pas rester bien longtemps, c'est fatal.

On ne peut aller loin avec cette toux creuse.
Elle en a pour deux jours au plus.

L'AUMÔNIER.

                           La malheureuse!
Comme vous en parlez!

L'INFIRMIÈRE.

                   Eh! monsieur l'aumônier,
Vous êtes un cœur d'or, on ne peut le nier.
Mais pour ces êtres-là, je suis froide, et pour cause.

L'AUMÔNIER.

Et pourquoi donc, grand Dieu?

L'INFIRMIÈRE.

                   C'est une pas grand' chose,
Voyez-vous? Ça nous vient droit du quartier Latin
Mourir à l'hôpital en robe de satin.
Et j'ai peu de pitié pour ces filles maudites.

L'AUMÔNIER.

Allons, vous êtes moins dure que vous ne dites,
Et ce large fauteuil, tout prêt pour son réveil,
Que vous-même avez mis devant ce bon soleil
Et garni de moelleux oreillers, en témoigne.

L'INFIRMIÈRE.

Mais non. Je suis ici pour soigner, et je soigne.
Voilà tout.

L'AUMÔNIER.

Sachez donc qu'elle a beaucoup souffert,
Que moi-même ai reçu le repentir offert
Par cette âme égarée au Ciel qui lui pardonne,
Et pour elle soyez ce que vous êtes, bonne.

L'INFIRMIÈRE.

Je le ferai pour vous, monsieur l'abbé.

L'AUMÔNIER.
                                        Merci.
Et notre cher docteur n'est pas encore ici ?

L'INFIRMIÈRE.

Non. C'est pourtant bientôt l'heure de sa visite.
Il ne peut pas tarder.

L'AUMÔNIER.

                    Avertissez-moi vite
Quand il arrivera ; car s'il pouvait la voir
Et me dire qu'il reste encore un peu d'espoir...

L'INFIRMIÈRE.

A propos du docteur, vous savez la nouvelle ?

L'AUMÔNIER.

Moi, non, j'ignore tout.

L'INFIRMIÈRE.

                    Elle est pourtant fort belle

Pour lui, monsieur l'abbé, car il obtient la main
D'une noble héritière au faubourg Saint-Germain.

L'AUMÔNIER.

Vraiment?

L'INFIRMIÈRE.

Tout, à la fois, beauté, grand nom, richesse.
La mère se mourait, une vieille duchesse!
On mande le docteur, il sauve la maman
Et la fille l'adore. Enfin un vrai roman.
C'est comme s'il avait attrapé le quaterne.
Le docteur, que j'ai vu, quand il était interne,
Porter des pantalons rapiécés aux genoux
Et me faire acheter des dîners de six sous
Qu'il mangeait dans ce vieux fauteuil, le sybarite!

L'AUMÔNIER.

Quel que soit son bonheur présent, il le mérite,
Et bien qu'il m'ait encor taquiné quelque peu,
L'autre jour, sur ce qu'il appelle mon bon Dieu,
Et que son athéisme horrible m'épouvante...

L'INFIRMIÈRE.

Le voilà justement qui vient. Votre servante.
Elle sort.

SCÈNE II.

L'AUMÔNIER, JULIEN.

Julien entre ; il est vieilli d'une douzaine d'années. La tenue du médecin-
professeur. Tout en noir. Une rosette à la boutonnière.

JULIEN

Bonjour, l'abbé.

L'AUMÔNIER lui serrant la main.

Docteur, avez-vous un moment ?

JULIEN.

Pour vous, toujours.

L'AUMÔNIER.

Je veux vous parler simplement
D'une pauvre malade à qui je m'intéresse.

JULIEN gaiement.

Tout ce que vous voudrez ; je suis dans l'allégresse.
Je vous accorderais, tant je vois tout en beau,
Que Lazare a vraiment surgi de son tombeau,
Et tous les étonnants miracles de la Bible.

L'AUMÔNIER.

Voulez-vous bien vous taire, impie incorrigible.
Pour l'instant, il s'agit tout bonnement de voir
La malade que j'ai confessée hier au soir.

C'est une pauvre femme, hélas ! bien éprouvée.
Je doute qu'elle puisse encore être sauvée.
Mais vous êtes sorcier.

JULIEN.

　　　　　Bien, mon cher ennemi.
Je la verrai sitôt mon service fini.
Un quart d'heure, le temps de faire ma visite.

L'AUMÔNIER.

Un mot encore. Il faut que je vous félicite,
Car je sais le bonheur qui vous est destiné
Et dont le jour approche.

JULIEN.

　　　　　Oh ! rien n'est terminé
Et, comme on dit, ce n'est encore qu'un beau rêve.

L'AUMÔNIER.

Alors je prierai donc le ciel pour qu'il s'achève ;
Car vous êtes humain, bon, loyal, généreux ;
Personne plus que vous n'est digne d'être heureux...
Et puis je vous prédis une autre récompense,
Si vous vous mariez.

JULIEN.

Et laquelle ?

L'AUMÔNIER.

　　　　　Je pense
Que si vous pouvez voir jamais un pur enfant,

Le vôtre, entre les bras de sa mère élevant
Vers ce que vous niez sa prière mystique,
Vous sentirez le trouble en votre cœur sceptique
Et que vous songerez au Dieu sublime et doux
Qui prenait les petits enfants sur ses genoux.

JULIEN.

Bravo, mon cher abbé! Bonne raison de prêtre.
Et vous croyez que c'est une preuve peut-être
Du Dieu dont nous doutons depuis la mort d'Abel?
Mais je n'ai pas trouvé l'âme sous mon scalpel,
Et je n'ai constaté dans la nature entière
Que deux faits positifs : la force et la matière,
Le monde n'est pour moi — si vous le trouvez bon —
Qu'un peu d'eau — voilà tout — et qu'un peu de charbon.
En un mot, la raison est reine, l'homme libre,
Et le bien et le mal en parfait équilibre.

L'AUMÔNIER.

C'est affreux! Si je veux encor vous convertir...

JULIEN.

C'est vrai, mon pauvre ami, vous êtes mon martyr
Et ma vieille amitié n'est pas assez clémente;
Mais je vous aime, allez, comme je vous tourmente.

L'AUMÔNIER, un peu fâché.

On peut lire à peu près cela dans Salomon.

JULIEN.

Bah! je ne gênerai jamais votre sermon.

Je le disais encore, à notre académie,
Que la religion n'est pas notre ennemie.
Nous ne vaincrons jamais la mort, certainement,
Mais nous aidons tous deux à mourir doucement
Voilà! Quant à la vie éternelle, mystère.

L'AUMÔNIER.

Cependant...

JULIEN.

A tantôt, l'abbé. J'ai lu Voltaire.

SCENE III.

L'AUMONIER.

Un immense savoir! une grande bonté!
Un dévoûment! C'est un miracle, en vérité,
Qu'il n'en soit pas cent fois devenu la victime.
Au dernier choléra, cet homme fut sublime.
Mais quand je cours à lui, pour lui serrer la main,
Il me jette un blasphème. O vieil orgueil humain!

SCÈNE IV.

L'AUMÔNIER, LOUISE, L'INFIRMIÈRE.

Louise entre, soutenue par l'infirmière. Elle est affreusement pâle, brisée par
la maladie ; ses cheveux sont en désordre ; elle porte le grossier peignoir de
drap gris des hôpitaux.

L'INFIRMIÈRE à Louise.

Venez jusqu'au soleil. Là, devant la croisée.
Ce fauteuil vous attend.

LOUISE assise.

Je suis bien épuisée.
— Merci, ma bonne dame. — Et je ne croyais pas
Avoir la force encor de faire ces vingt pas.

A l'aumônier qui s'approche.

Ah ! vous voilà, monsieur l'abbé, je suis bien aise
De vous voir.

L'AUMÔNIER.

Cette nuit a donc été mauvaise ?

Louise fait signe que oui.

Bientôt vous irez mieux, mon enfant, j'en suis sûr.
Voyez. C'est le printemps.

LOUISE.

Oui, ce ciel est très-pur,
Et ce soleil de mars est bon. Je me rappelle
Une autre matinée aussi fraîche, aussi belle,

Où le vent printanier soufflait dans mes rubans.
J'étais au Luxembourg, m'asseyant sur les bancs,
Regardant les enfants s'amuser et les cygnes
Sur l'onde du bassin tracer de douces lignes.
— C'est quatre mois après ce jour qu'il s'en alla. —
Je l'attendais... J'ai tort de penser à cela.

L'AUMÔNIER.

Songez à vous soigner et ne soyez pas triste.
Vous allez voir un homme à qui rien ne résiste,
Un médecin fameux qui vous guérira bien.

L'INFIRMIÈRE.

Voyons, désirez-vous quelque chose?

LOUISE.

Non, rien.
Mais ne m'en veuillez pas surtout, si je refuse.
On est ici trop bon pour moi, j'en suis confuse.

L'AUMÔNIER.

J'y pense. Le public n'est admis au parloir
Que certains jours; mais, si vous voulez recevoir
Quelqu'un de vos amis ou de votre famille,
C'est bien simple, je fais dire un mot à la grille,
Et, si l'on vous demande alors, on entrera.

LOUISE.

Merci, monsieur l'abbé, personne ne viendra.

L'AUMÔNIER.

Ah! ce manque d'espoir en Dieu me désespère.
Vous abandonne-t-il?

LOUISE.

       Excusez-moi, mon père.
Pour vous je suis injuste et méchante. Pardon.
C'est vrai, je ne meurs pas ici dans l'abandon;
C'est vrai, vous ne touchez à la pauvre étrangère
Qu'avec l'attention délicate et légère
Que j'avais autrefois pour mon petit oiseau,
Et mon lit d'agonie est doux comme un berceau.

L'AUMÔNIER.

Mais qui vous parle donc de mort?

LOUISE.

       Mon espérance,
Car je sens que, prenant en pitié ma souffrance,
Dieu m'accorde une fin paisible et sans effort
Et que je vais partir comme un enfant s'endort.

L'AUMÔNIER.

Je ne sais plus que faire, hélas!

L'INFIRMIÈRE, bas à l'aumônier.

       Elle divague.

LOUISE.

Ah! madame, gardez cette petite bague.

C'est mon dernier bijou ; je n'y dois plus tenir.
— A vous je n'ose pas laisser un souvenir,
Monsieur l'abbé.

L'AUMÔNIER.

Voyons, ma pauvre enfant, de grâce,
Ne parlez pas ainsi.

LOUISE.

Dieu! comme je suis lasse!

Elle s'affaisse dans le fauteuil et paraît s'assoupir.

SCÈNE V.

L'AUMÔNIER, LOUISE, L'INFIRMIÈRE, JULIEN.

JULIEN, à l'aumônier.

Ma tournée est finie ; ils se portent bien tous,
Et me voici.

L'AUMÔNIER.

Docteur, qu'on a besoin de vous!
La malade se frappe et se démoralise.
Venez vite, venez.

JULIEN, s'approchant du fauteuil.

Voyons cela. — Louise!...

LOUISE ouvrant les yeux et le reconnaissant.

Julien! Julien! oh! que cela fait mal!

JULIEN.

Louise, est-ce bien toi, toi dans cet hôpital,
Qu'il faut que je retrouve et que je reconnaisse ?
Toi, sans asile! toi, mourante! Oh! ma jeunesse!

A l'aumônier et à l'infirmière.

Sortez! sortez! il faut que je lui parle seul.

L'aumônier sort emmenant l'infirmière et lui recommmandant d'un geste
la discrétion.

SCÈNE VI.

LOUISE, JULIEN.

LOUISE.

O Julien, dis-leur d'apporter mon linceul.
J'aurais peut-être encor pu vivre une journée ;
Mais puisque cette joie amère m'est donnée
De souffrir devant toi mes dernières douleurs,
La fin viendra plus vite, et je sens que je meurs.

JULIEN.

Ainsi donc ce n'est pas un cauchemar. Mon crime,
C'est toi qui le punis. O Louise, ô victime,
Je sens qu'il est trop tard pour demander pardon
De ma fuite égoïste et de ton abandon.
* Je vois bien que leur œuvre effroyable est finie,
* Que ma trahison seule a fait ton agonie,
* Que c'est le châtiment enfin qu'il faut subir
* De mon premier amour par ton dernier soupir !

A part, et s'éloignant de Louise à demi évanouie.

Ah ! je la reconnais, l'affreuse maladie.

Depuis assez longtemps je veille et j'étudie,

Horreur ! pour en trouver le stigmate certain

Dans ces yeux autrefois bleus comme le matin

Et maintenant éteints et pâlis par les fièvres,

Et pour voir sur ce front, sur ces mains, sur ces lèvres,

Partout où mon baiser s'appuya le plus fort,

Monstrueuse ironie ! apparaître la mort.

Il s'approche de Louise.

— Mais je peux te sauver ou ma science est vaine.

LOUISE.

Une douleur de plus ! Je te fais de la peine,

Et moi qui ne gardais, hélas ! qu'en le craignant

L'espoir de cet adieu si tendre et si poignant,

Voici que le destin implacable m'oblige

A te voir malheureux du malheur qui m'afflige.

JULIEN.

Tu ne me maudis pas, ce n'est point une erreur,

Et tu peux me revoir, Louise, sans horreur.

Je puis toucher ta main sans qu'elle me repousse,

Et ces yeux toujours bons, cette voix toujours douce

Sont pour moi, comme au temps de nos jeunes amours ?

LOUISE.

Mais tu ne vois donc pas que je t'aime toujours ?

JULIEN.

Ah ! c'est le dernier coup que cet aveu m'envoie.

Tu souffres ?

LOUISE.

C'est d'amour.

JULIEN.

Tu pleures?

LOUISE.

C'est de joie.

JULIEN.

Quoi! tu m'aimes encore et douze ans ont passé
Sans que mon souvenir soit enfin effacé.

LOUISE.

Ne parle plus. Je suis si faible, et l'harmonie
De ta voix qui me donne une ivresse infinie,
Trop tendre, abrégerait mes suprêmes instants,
Et pour te voir je veux vivre un peu plus longtemps.

JULIEN.

Tu vivras!

LOUISE.

Je me sens mourir. Cela t'étonne.
C'est le pressentiment d'une rose à l'automne;
Et si j'avais douté qu'il fût pour moi si tard,
Ami, je l'aurais lu dans ton premier regard.

JULIEN, à part.

Non, je te sauverai!

LOUISE.

Donne-moi tes mains, donne.
A mes pieds, je t'en prie, et même je l'ordonne ;
Ainsi, comme jadis, tu te souviens, je veux
Une dernière fois respirer tes cheveux.

JULIEN, à genoux

Louise !

LOUISE.

Je revois l'existence passée.
Dis, te rappelles-tu, lorsque j'étais forcée,
Pour terminer à temps un travail commandé,
De dérober ma bouche au baiser demandé
Qui, ne pouvant atteindre à ma tête penchante,
S'égarait sur ma main en murmurant : Méchante !
— Toi, tu n'as pas changé. Ta pâleur te va bien. —
Pourquoi m'as-tu quittée, ô mon doux Julien ?

JULIEN se relevant

Hélas !

LOUISE.

Je vois encor la cour des diligences,
Le jour où tu devais t'en aller en vacances.
Qu'il fait mal, le départ avec ses bruits joyeux,
Et qu'ils sont déchirants, le baiser des adieux
Et le lointain signal du mouchoir qu'on agite !
Oh ! comme j'ai pleuré, seule, dans notre gîte ;
Comme j'ai regardé l'arbuste avec douleur
Où ta main avait pris une dernière fleur !

Et cependant mes yeux s'éclairaient d'un sourire
Quand je disais tout bas : Il va bientôt m'écrire !
Ma peine et mon espoir, mes pleurs et mes projets,
Ingrat ami, j'ai cru que tu les partageais.
J'attendais, confiante. Il fallut me remettre
Au travail. Huit longs jours passèrent. Pas de lettre.
Je songeais : C'est très-mal. J'aurais écrit plus tôt.
Huit jours encore, et puis huit autres. Pas un mot !
Et mon âme connut le doute affreux qui ronge..
Pourtant je ne voulais pas croire à ton mensonge,
Mais, seulement trois mois plus tard, lorsque j'appris
Par un de nos voisins ton retour à Paris
Sans me voir, Julien, la douleur fut trop forte,
Et c'est depuis ce jour, vois-tu, que je suis morte.

JULIEN.

Eh bien donc, sache tout. Le dernier champ vendu,
Mon père ruiné, parlant de temps perdu,
D'amourette à Paris, mon père qui m'accuse,
Mon vieux père sans pain ! C'est pourtant une excuse.
Il fallut lui jurer alors de conquérir
Ce titre qui devait le sauver, le nourrir,
De te fuir, de marcher à mon but sans relâche.

LOUISE.

Pourquoi ne m'as-tu pas tout dit ?

JULIEN.

Ah ! j'étais lâche,

Voilà. J'ai bien souvent lutté, pris le chemin

De ton logis, et puis je disais : Non, demain.
T'écrire, te revoir, oh! rien qu'une minute,
Ma Louise, c'était succomber dans la lutte,
Et par ce dur tourment mon cœur martyrisé
N'a pas voulu d'abord et puis n'a plus osé.

LOUISE.

Oh! j'avais bien prévu ma rivale, l'étude.

JULIEN.

Va, je souffrais aussi, moi, dans ma solitude,
Et, dans les courts instants à mon travail volés,
J'allais revoir les lieux où nous étions allés.

LOUISE.

Dis-tu vrai?

JULIEN.

       Tu sais bien, au bout de la presqu'île,
Au Bas-Meudon?

LOUISE.

       Comment, la tonnelle tranquille,
Au bord du fleuve, avec la vieille table en bois?

JULIEN.

Mais oui.

LOUISE.

   Tu l'as revue?

JULIEN.

       Hélas! combien de fois
Ma promenade s'est à son ombre arrêtée.

LOUISE.

Et moi, combien de fois je m'y suis accoudée.

JULIEN.

Sans qu'à nous rencontrer nous ayons réussi !

LOUISE.

Tu vois bien. Le destin était dans tout ceci.
Mais ne l'accusons pas ; sa justice est plus haute,
Et ma punition est égale à ma faute.

JULIEN.

Quelle faute, ton pauvre et triste amour pour moi?

LOUISE.

Oh ! ne m'oblige pas à rougir devant toi.

JULIEN.
Rougir?

LOUISE.

            Tu ne connais qu'une heure dans ma vie ;
Ne m'interroge pas sur ce qui l'a suivie.

JULIEN.

Que dis-tu? Mais je vois des larmes dans tes yeux.
Louise, dis-moi tout. Parle, cela vaut mieux.
Rien entre nous. Fais-moi ton aveu tout de suite,
Et, si profond que soit l'abîme où t'a conduite
Mon amour, et dussé-je en t'écoutant mourir,
Montre-moi ta douleur, j'ai besoin d'en souffrir.

LOUISE.

Ah ! je ne puis...

JULIEN.

Où donc t'ai-je précipitée ?

LOUISE.

Mon pauvre Julien, pourquoi m'as-tu quittée ?
Pourquoi m'as-tu livrée à moi-même, oh ! pourquoi ?
Car si j'avais tout su, pour ton bonheur à toi,
Eh bien, je me serais doucement éloignée,
J'aurais repris ma vie obscure et résignée
Et je n'aurais jamais, comme tu vas le voir,
Écouté le mauvais conseil du désespoir.

JULIEN.

Quel conseil ?

LOUISE.

              Tout entière à ma peine secrète,
Je ne travaillais plus, dans la chère chambrette,
Comme autrefois. Mes yeux de larmes obscurcis,
Pour regarder la place où tu t'étais assis,
Abandonnaient toujours la besogne attendue.
Alors j'allais errer, dans mon rêve perdue,
Par le faubourg. J'étais très-pauvre, mais enfin
J'avais le cœur si gros que je n'avais plus faim.
Or c'est vers ce temps-là que, marchant sous les branches,
Par une nuit de mai, pleine d'étoiles blanches,
Un ancien souvenir bien cruel m'a montré
Ce bal au seuil duquel je t'avais rencontré.

JULIEN.

J'ai peur de deviner. Ah! malheureuse!

LOUISE.

                             Ecoute,
Ce bal dont autrefois tu me fermas la route,
Ce bal, c'était pour moi l'oubli, l'enivrement...
Tu frémis. Je te fais horreur en ce moment.
Tu n'oses regarder dans ma vie inconnue.
Tu vois ce que je suis loin de toi devenue ;
A tes lèvres je sens monter le mot brutal
Et tu comprends pourquoi je meurs à l'hôpital !

JULIEN.

Arrête !

LOUISE.

        Ne crains pas que je te les raconte,
Ces jours où j'ai connu la misère et la honte.
* D'ailleurs je n'ai gardé qu'un souvenir confus
* De ce monde odieux et de ce que j'y fus.
* Elle ne pense plus, la pauvre fleur séchée,
* Au tourbillon qui l'a de sa tige arrachée ;
Non, tout ce que je veux dire de cet enfer,
C'est qu'il me dévorait et c'est que, chaque hiver,
Je m'y sentais plus faible et plus exténuée,
Et qu'il avait cela de bon qu'il m'a tuée.

JULIEN.

Ainsi voilà mon œuvre et je t'entends crier
De douleur et c'est moi qui suis ton meurtrier !

LOUISE.

C'est la fatalité. Pourquoi gémir contre elle,
Mon Julien? la chose est toute naturelle;
Et, lorsque nous prenons un amoureux, pourquoi
Choisir les jeunes gens nés dans ton monde à toi?
Ils ont un avenir, un nom, une famille,
Un devoir, et tant pis si quelque pauvre fille,
Au lieu de rester sage et de se marier,
Comme elle le devrait, avec un ouvrier,
A voulu se montrer à leurs bras, les dimanches,
Parce qu'ils sont bien mis et qu'ils ont les mains blanches.
— On s'aime tout d'abord, franchement, sans détour,
Se croyant l'un et l'autre égaux devant l'amour.
Qu'importe aux jeunes cœurs ce que demain prépare?
Cela dure un printemps, et puis, on se sépare
Un jour, en maudissant quelque père irrité,
Et tristement chacun s'en va de son côté.
Vous oubliez alors, du moins c'est l'habitude.
Vingt raisons pour cela : l'ambition, l'étude,
La morale du monde aux faciles pardons,
Mais lorsque vous montez, hélas! nous descendons.
* L'avenir a pour vous des jours longs et prospères;
* Vous pouvez devenir des époux et des pères,
* — Qui sait? peut-être es-tu toi-même marié? —
* Et si l'ancien parfum de l'amour oublié
* Revient, vous rougissez en cachant un sourire.
* Et nous, pendant ce temps!... Oh! tiens, je veux te dire
* Si le sort eût vraiment voulu nous éprouver,

* Comment nous aurions pu pourtant nous retrouver.
* — Écoute. Dans mes jours de vice et d'infamies,
* Une de celles-là que nous nommons amies
* S'avilit et tomba tellement qu'elle était
* A la merci d'un homme affreux qui la battait.
* Un soir, dans leur taudis, après une querelle
* Comme ce scélérat levait la main sur elle,
* Elle prit un couteau qui traînait et frappa.
* Bien qu'atteint près du cœur, cet homme en réchappa,
* Mais la femme, qu'on prit, dut paraître en justice.
* — Faut-il que le malheur ainsi s'appesantisse
* Sur ceux qu'il a déjà si longtemps poursuivis? —
* Cet homme en noir, assis sous le blanc crucifix,
* Avec la toque au front et l'hermine à l'épaule,
* Celui qu'elle aperçut en sortant de la geôle,
* Ce juge qui devait fixer son châtiment,
* C'était son séducteur et son premier amant !

JULIEN.

* C'est horrible !

LOUISE.

* Je suis au fond du précipice
* Comme elle, mais, du moins, je ne meurs qu'à l'hospice.

JULIEN.

* Tais-toi ! Ne trace plus ces tableaux révoltants !
* Non, tout n'est pas perdu. Je te retrouve à temps.
Oublie, ô mon amour, la misère passée.
Je sauverai ta vie, encore menacée,

Mais je suis très-savant, j'ai toujours réussi,
Tu verras. Dès ce soir je t'emmène d'ici.
Oui, te voilà bien lasse et bien faible, sans doute,
Mais sois tranquille, va, nous brûlerons la route.
Oh! la chaude berline où tu t'endormiras,
Comme un pauvre petit enfant, entre mes bras!
Dans le temps d'un baiser nous ferons une lieue,
Nous irons, nous courrons vers la grande mer bleue,
Vers l'azur éternel, vers le midi doré,
Où la vie elle-même est dans l'air respiré;
Et tu t'éveilleras au soleil, dans les roses!
Tu m'entends bien?

LOUISE.

Merci de me dire ces choses.
C'est bien toi, toujours bon.

JULIEN.

Ce regard attendri,
Ce sourire... Ah! ton mal est à moitié guéri.

LOUISE.

* Non, mais je partirai, vois-tu, plus apaisée

JULIEN.

* Tu vivras!

LOUISE.

Cet effort suprême m'a brisée,
* Et je sens que mon âme a rompu son lien.
* Le moment est venu. D'ailleurs, tu le vois bien.

JULIEN.

* Louise !

LOUISE.

Après l'aveu que j'ai fait tout à l'heure,
* Tu comprends bien aussi qu'il vaut mieux que je meure.

JULIEN.

* Non, tu me resteras. Je serais trop puni.
* Par le premier baiser vibrant dans l'infini
* Mon âme est pour jamais à la tienne liée,
* Louise, et je ne t'ai pas une heure oubliée.
* Et je te sauverai, je le veux, je le dois !
* Et je t'aime toujours ! — On n'aime qu'une fois.

LOUISE s'affaiblissant de plus en plus.

Oh ! ne me berce pas de ce rêve impossible
Et laisse-moi jouir du bonheur indicible
D'avoir auprès de toi retrouvé mon amour
Aussi naïf, aussi tendre qu'au premier jour,
De passer à ton cou mes bras et de te rendre,
En face de la mort qui bientôt va me prendre
Et des anges du ciel qui me pardonneront,
Ce baiser, le premier que tu mis à mon front.

JULIEN.

Tu te meurs ! O remords ! ô torture insensée !

LOUISE.

Approche... Encor plus près... Je suis trop oppressée

Mes regards sont troublés... N'est-ce pas? C'est la fin.
Hélas! j'ai tant souffert et de honte et de faim
Qu'il me semble à présent que le repos commence
Et que le ciel me donne un gage de clémence,
Alors qu'il me permet de te dire à demain
Et d'expirer avec tes larmes sur ma main.
— Mais cette émotion pourtant était trop forte. —
Julien!...

JULIEN.

Mon amie!

LOUISE, d'une voix éteinte.

Au revoir!

Elle rend le dernier soupir.

JULIEN, dans un grand cri.

Elle est morte!

SCENE VII.

LOUISE morte, JULIEN, L'AUMONIER

L'AUMÔNIER entrant rapidement.

Vous appelez?
Il aperçoit le cadavre de Louise,

Hélas!

JULIEN.

Ah! c'est toi, prêtre. Eh bien,
Ecoute. Cette femme avait le cœur chrétien
Et son dernier soupir a parlé d'espérance;
Et moi qui suis le seul auteur de sa souffrance,
Oui, moi qui l'ai réduite à mourir dans ce lieu,
Je viens te demander, prêtre, s'il est un Dieu,
Qui, lorsque le remord aura puni le crime,
Laissera le bourreau jugé par sa victime;
Je viens te demander s'il est un paradis
Où les élus pourront absoudre les maudits,
Où seront pardonnés, au delà de la tombe
Et pour l'éternité, l'aigle par la colombe,
Le tigre par l'agneau, les méchants par les bons.
Je viens te demander cela, prêtre, réponds;
Car le bourreau, c'est moi; la victime, c'est elle!

L'AUMÔNIER.

Il est un Dieu, mon fils, et l'âme est immortelle.

Julien tombe à genoux devant Louise morte; l'aumônier lève une main
vers le ciel.

NOTA. — Les vers marqués d'un *astérisque* peuvent être supprimés à la
représentation.